Mark Sarg

Die kapriziöse Leiche

Mark Sarg

Die kapriziöse Leiche

Bizarre Kurzgeschichten

Goldene Rakete Verlag für Belletristik

Imprint
Any brand names and product names mentioned in this book are subject to trademark, brand or patent protection and are trademarks or registered trademarks of their respective holders. The use of brand names, product names, common names, trade names, product descriptions etc. even without a particular marking in this work is in no way to be construed to mean that such names may be regarded as unrestricted in respect of trademark and brand protection legislation and could thus be used by anyone.

Cover image: www.ingimage.com

Publisher:
Goldene Rakete Verlag für Belletristik
is a trademark of
International Book Market Service Ltd., member of OmniScriptum Publishing Group
17 Meldrum Street, Beau Bassin 71504, Mauritius
Printed at: see last page
ISBN: 978-620-0-51915-3

INHALTSVERZEICHNIS

DAS TEUFLISCHE WEIHWASSER

Zwar wunderten sich die Gläubigen zunächst gehörig, dass sie sich nach dem obligaten Griff ins Weihasserbecken plötzlich so „teuflisch wohlfühlten“ und die Kirche gar nicht mehr verlassen wollten.

Spätestens aber, als deren versperrte Tore sie ***wirklich*** daran hinderten, wussten sie auch, weshalb.

Denn da hatte sie Luzifer schon feierlich in Empfang genommen – der aufgrund einer offenen Rechnung mit Pfarrer Rio Süßwedel das Gotteshaus einige Tage nutzen durfte.

Und natürlich das Wasser zuvor ***höchstselbst*** geweiht hatte.

DER FREMDLING AN DER TÜR

In der Absicht zum Friedhof zu fahren, öffnete Mrs. Myrtle Fletchmaker ihre Wohnungstür – und fand verwundert einen Fremdling vor.

Der sich nun als Sir Carlisle Kronhirsch zu erkennen gab und ihr sein Geheimnis enthüllte – worauf sie sich sogleich verbrüderten.

Um forthin ***gemeinsam*** das Grab von Mr. Crawford Fletchmaker zu besuchen – der ***beider*** erster Mann gewesen war.

DIE DAME IM KLEID (2)

Dass die Leiche von Madame Philine Luderspecht in einem ***Ballkleid*** gefunden worden war, wertete man in der katholischen Landbevölkerung als überaus ***tröstliches*** Indiz, dass man selbst im ***Tode*** noch lernfähig sei.

Denn die Gute war zeitlebens – sehr zum Missfallen aller – stets in ***Hosen*** umhergelaufen.

Und dass sie von ihrem ***Mörder*** ins Kleid gepackt wurde – interessierte freilich niemanden …

DER HERR IN DER HOSE

Als „Herr in der Hose“ hatte sich Monsieur Damien Salzlaus binnen kurzem allenthalben zum ***Gespött*** gemacht.

Denn auf seinem Gastplaneten war ein solches Kleidungsstück nicht nur absolut ***unüblich***, sondern ***verpönt*** gewesen!

DIE UNARTIGE KRAWATTE

Mr. Hudson Brummzopf drohte einer Krawatte: „Wenn du nicht artig bist, bleibst du künftig im Schrank hängen!“ Worauf sie ihm ins Gesicht spuckte.

„Du bist ja ***doch*** mein Liebling!“, strahlte er und nahm sie sogleich um den Hals.

DER LAUFENDE UNHOLD

Ein Unhold lief ständig Leuten hinterher, um sie mit Peitschenhieben zu traktieren oder – im besten Falle – an den Haaren zu zerren.

Und all dies im seligen Gedenken an seinen Lehrer, Prälat Analetto Tollkirsch, der ihm „so unnachahmlich fromm den Weg gewiesen habe, wie das ***Böse*** aus der Welt zu treiben sei“!

„ER SELBST“ ODER

DER PREIS DER FRÖMMIGKEIT

„Es war ***er selbst***!“, hauchte, für alle Umstehenden deutlich hörbar, die begüterte Lady Laetitia Speckzopf, ehe sie verschied.

Und da sie an vergiftetem Tee zu Grunde gegangen war, setzte sogleich das große Rätselraten ein, ***wen*** sie wohl apostrophiert haben könnte. Worauf sich plötzlich sämtliche männlichen Personen nicht nur ihres höchst umfangreichen Verwandten- und Bekanntenkreises perfidesten Verdächtigungen ausgesetzt sahen – was das gesellschaftliche Zusammenleben ***mindestens*** so vergiftete.

Dabei hatte die Gute lediglich ***Gott Vater*** gemeint, der ihr in einer nächtlichen Vision zugewinkt hatte – was sie in religiöser Verblendung als Aufforderung, aus dem Leben zu scheiden, verstand, um ihn endlich persönlich begrüßen zu können.

Und dass sie ein wahres ***Chaos*** an wechselseitigen Anschuldigungen zurückgelassen hatte, welches sogar in mehreren – wenn auch erfolglosen – ***Mordprozessen*** mündete, war von ihr offenbar als „Preis der Frömmigkeit“ einkalkuliert worden …

DER CHINESISCHE BALLONFAHRER

Wegen des strikten, vom Staate verordneten Redestaus
ließ ein Wettkämpfer die Luft aus einem ***Ballon*** heraus.

Nun war er sogar ***Held*** geworden
– wenn auch leider ***ohne*** Orden!

DAS PÄPSTLICHE OFENLOCH

Aus Gründen der Selbstbescheidung und -disziplinierung träumte Papst Mostwitz der Eigenwillige während des gesamten Pontifikats durchweg davon, wie es wäre, ein schlichtes ***Ofenloch*** zu sein.

Verständlich, dass er bei so viel Hingabe schließlich mit der ***Verwirklichung*** „belohnt" wurde.

Doch nun träumte er nur noch davon, wie herrlich es doch wäre, durch sich selber in den ***Äther*** zu entweichen!

Es geht eben nichts über päpstlichen Müßiggang …

DIE VERRÜCKTE NASE

Eine verrückte Nase hatte tatsächlich zu ***husten*** die Stirn –
als ihr ***gekündigt*** wurde vom Inhaber Lord Feuchtzwirn!

DIE VORLAUTE HANDTASCHE

Mrs. Fretty Dorflumps Handtasche hatte die Angewohnheit, einfach zuzuschnappen, falls sie zu lange in ihr kramte.

„Wenn du weiterhin so vorlaut bist, landest du noch auf dem Müll!“, drohte ihr die Herrin letztlich. Worauf sie sich ***gar nicht*** mehr schließen ließ und daher erst recht dort landete.

„Man hat’s eben ***nie*** leicht mit den Kindern!“, bedauerte die Mutter gegenüber ihrer Freundin Miss Betsy Brummlaus – ehe sie sich ein weiteres zulegte.

DIE VERFLUCHTE HANDTASCHE

Beim Spaziergang durch eine Allee wurde Demoiselle Jacqueline Wandersack von einem Regenschauer überrascht.

„Es reicht völlig, wenn ***ich*** nass werde“, befand sie und stellte ihre Handtasche unter einem Baum ab, ehe sie ihren Weg fortsetzte.

Als sie sie nach Wetterberuhigung wieder holen wollte, war sie verschwunden. „Verfluchtes Ding!“, schimpfte sie, „Nächstes Mal kannst ***du*** im Regen gehen und ***ich*** stelle mich unter!“

„Vielleicht nimmt mich ja dann ***auch*** endlich jemand mit!“

DER BLICK UM DIE ECKE

Herr Leonhard von Zecke
blickte abrupt um eine Ecke –
und ward niemals wiedergesehen.
Und dies wäre ***nicht*** geschehen,
hätte er nur nach ***vorn*** gesehen!

DER HERR AN DER SCHWELLE

Beim Verlassen ihrer Wohnung sah sich Mrs. Dolly Waschmaus verblüfft einem Unbekannten gegenüber.

„Was wollen Sie?“, begrüßte sie ihn unwirsch, „Sie sehen doch, dass ich gerade am Weggehen bin!“

„Aus eben ***diesem*** Grunde warte ich auch hier – da ich bei Ihnen einzubrechen beabsichtige!“ – „Und das ***sagen*** Sie mir vorher?“ Sie war völlig perplex.

„Nur damit Sie mir hinterher keine Vorhaltungen machen!“, erklärte er ihr unbeirrt. Da verschlug es ihr vollends die Sprache – sie ließ ihn einfach stehen und ging einkaufen.

Man weiß bis heute nicht, was sich während ihrer Abwesenheit ereignete – umso mehr sie selber nie mehr aufgetaucht ist.

DAS VERWERFLICHE KANINCHEN

Ein Kaninchen pilgerte nach Rom – was an sich nur ***bedingt*** verwerflich ist.

Doch hoffte es dort den ***Teufel*** – in Gestalt des Papstes – zu treffen!

DER KRIECHER

Kopfschüttelnd beobachtete Monsieur Barnabé Speckhupf im Park einen absonderlich aussehenden Herren, der unentwegt einen Baum hinauf- und hinabkroch.

Da er seiner Verwunderung weiter freien Lauf ließ, kroch der Betreffende plötzlich forsch auf ***ihn*** zu: „An Ihrer Stelle wäre ich ***sehr*** froh, dass ich nicht auf ***Ihnen*** herumkrieche!"

Da bat Monsieur ***vielmals*** um Vergebung und entfernte sich ***schleunigst***!

DIE HERZERWÄRMENDE BEGEGNUNG

Auf einer einsamen, idyllischen Dorfstraße begegnete ein Nikolaus einem Zwetschkenkrampus.

„Mir wird ganz warm ums Herz, wenn ich sehe, dass es so etwas wie dich noch gibt!“, strahlte er. „Gott segne dich, mein Bester!“

Und er bekreuzigte sich dankbar – und fraß ihn gierig auf.

RAGOUT VÉNITIEN

Ein blauer Strumpf aus Venedig vermengte sich mit Meeresfrüchten, Thymian, Rosmarin und vielen anderen köstlichen Zutaten zu einem überaus schmackhaften „Ragout vénitien“ – um sich dann triumphierend dem Chefkoch eines 5-Sterne-Restaurants zu präsentieren.

Denn er ließ sich lieber (von einem befugten Genießer) ***verzehren*** – statt ewig bloß an einem öden Bein zu schwären!

DER PAPST UND DIE NACHTIGALL

Regelmäßig hatte Papst Luderhecht der Pikante heimliche nächtliche Verabredungen mit einer Nachtigall.

Doch weshalb ***heimlich***?

Sie war schließlich ***Nonne*** – und hätte mit Wissen der Oberin, einem äußerst klugen und welterfahrenen Vogel, gerade den Heiligen Vater am ***allerwenigsten*** treffen dürfen!

DIE GEWISSHEIT

Unschlüssig stand Miss Selma Stadtlump an einem felsigen Abgrund und zögerte immer wieder hinabzuspringen – bis sie es schließlich ganz beherzt doch tat.

„Bin ***ich*** froh!“, seufzte sie anschließend erleichtert, „Ich hatte schon ernste Bedenken, ob ich ***wirklich*** tot bin!“

DIE VERLIEBTEN REGENSCHIRME

Drei katholische Regenschirme verliebten sich heftig ineinander.

Doch nun waren sie im Dilemma – weil sie nur in einer ***Zweier***beziehung auf kirchlichen Segen hoffen durften.

So opferte sich nach reiflicher Überlegung schweren Herzens der dritte – indem er sich unaufgespannt ins Meer stürzte.

Es geht eben nichts über christlichen Verzicht!

KATHOLISCHES GELICHTER

„Dieses elende katholische Gelichter
wird ja ständig dreister und dichter!“

Und um hier etwas Zwietracht zu schüren,
ließ sich Luzifer ***selber*** zum Papste küren!

KATHOLISCHES GELÄCHTER

Gelächter drang aus dem Grabe von Sir Balthasar
– denn nun ***bestätigte*** er sich selber ganz und gar,
wie überaus ***gut*** eine katholische Bestattung war!

MONDÄNES GELICHTER

„Penetrantes mondänes Gelichter!“,
urteilte der überaus strenge Richter.

Und entsandte die ganze Bagage
direkt von der ***Regierungs***etage
hinauf aufs schaurige Schafott
– damit sie sich ***besänne*** flott!

MONDÄNES GELÄCHTER

Mondänes Gelächter da und dort,
wahrhaftig an fast ***jedem*** Ort –
und weit und breit ***kein*** Mord!

Offenbar vermochte man sich selbst zu ***heilen***
– und musste ***nicht*** mehr auf der Erde weilen!

DAS MAHNMAL DES EWIGEN KLOPFENS

Dass man das Rätsel eines leerstehenden kleinen Hauses in einer einsam gelegenen Straße, aus dessen Parterre vorübergehende Passanten regelmäßig ein geheimnisvolles Klopfen vernahmen, seit Jahrhunderten nicht lösen konnte, imponierte dem ehrgeizigen neuen Bürgermeister Frivolio Weinzopf herzlich wenig.

Nachdem eingehendste technische Untersuchungen einmal mehr ***keine*** Ursachen aufzeigten, ließ er das komplette Gebäude mitsamt Fundament einfach abtragen. – Woraufhin das Klopfen allerdings noch ***stärker*** zu hören war, sobald jemand die Grube passierte.

Wild zum „Kampf mit den Geistern" entschlossen, setzte der Politiker nun die Errichtung eines hypermodernen Turn- und Gymnastikzentrums durch. Allein – wie um sich zu revanchieren, nahm das Klopfen danach abermals an Intensität zu, was vor allem ***abendliche*** Besucher zutiefst ängstigte.

Kleinlaut war man endlich jetzt bereit, ***spirituellem*** Rate zu gehorchen: Man entfernte den Neubau schleunigst wieder und erschuf stattdessen demütig ein „Mahnmal des ewigen Klopfens".

Und von da ab ward dasselbe nie mehr wahrgenommen!

LE GRAND MALIBOU ET

LA DONNERSBACHER MAUSERL

Diese seinerzeit so überaus ***erfolgreiche*** Erzählung von Schlehmil Barthäusl ist tragischerweise – wie auch der Autor selber – seit ***undenklichen*** Zeiten vergriffen.

Weshalb – ***leider!*** – auch nicht daraus zitiert werden kann.

DER GALANTE SARG (2)

Ein Sarg war so galant, sich jedem Bewerber mit der folgenden Begründung zu verwehren: „Sie sehen ja wahrhaftig aus wie das blühende ***Leben*** – Sie können doch ***un***möglich auf mich angewiesen sein! Küss die Hand und viel Glück weiterhin!"

Immerhin stärkte er damit das Selbstvertrauen der Abgewiesenen – was ihnen bei der Suche nach einem ***geeigneten*** Partner zweifellos sehr zustatten kam.

DER UNGALANTE SARG

Schon rein äußerlich ein ungehobelter Bursche, gedachte ein Sarg dieses Manko auszugleichen, indem er sich seine ***Einwohner*** höchst ungalant „zurechthobelte".

Kein Wort durften sie reden, hatten ständig nur regungslos dazuliegen, und nicht einmal die Frage nach der Uhrzeit erlaubte er ihnen. Und wer sich nicht daran hielt, wurde erbarmungslos hinausgeworfen!

Was in der Tat ohnehin von den allermeisten seiner Gäste bei ***weitem*** vorgezogen wurde …

DER PAPST ALS DRESCHFLEGEL (2)

Jahrelang hatte Monsignore Theodore Reiblaus seine geheime Leidenschaft „sträflichst“ unterdrückt: Als derber Flegel wahllos draufloszudreschen!

Doch nun als neuer Papst Wildrüssel der Dreiste konnte er sich natürlich ***endlich*** frei und ungehindert austoben.

Und fing gleich bei den ***Kardinälen*** damit an. Dafür, dass sie die Impertinenz besaßen, ausgerechnet jemanden wie ***ihn*** zu küren!

DER PAPST ALS RÜBEZAHL

Der märchenbegeisterte Papst Dazumal
sah sich heimlich gerne als ***Rübezahl***.

Und beklagte, als er sein Amt endlich vollendet:
„Wär ich doch ***wirklich*** als Rübezahl geendet!“

VERDACHT AUF VATERSCHAFT

Herrn Archivarius Reblaus wurde das Sorgerecht für Adoptivsohn Donatino entzogen, weil der Verdacht bestand, dass er der leibliche Vater von jemand ***Unbekanntem*** sein könnte.

Die Suche nach diesem erstreckte sich allerdings über Jahre und endete ergebnislos.

Sodass schließlich „beide" Sprösslinge gottlob nicht mehr auf die Sorge des Vaters angewiesen waren.

DIE FRENETISCHE LEICHE

Lady Vivica Washhouse war über ihren neuen Zustand so frenetisch begeistert, dass sie ihn eigens von Notar Dr. Attilo Putzmaus ***beglaubigen*** ließ.

Im Laufe der Zeit kamen ihr jedoch gehörige Zweifel, ob sie ihren Status damit nicht vielleicht voreilig „einzementiert" hätte. Denn in ihrer permanenten Leidenschaftlichkeit war sie natürlich auch stets an ***Veränderung*** und ***Neuem*** interessiert.

Und so suchte sie schleunigst den Notar nochmals auf – der aber mittlerweile selber verschieden war.

„Umso besser", geriet sie gleich erneut ins Verzücken, „dann erfährt es gottlob ohnehin keiner mehr!" Und sie freute sich schon auf ihre Wiedergeburt – die sie dann aber vorsichtshalber ***nicht*** mehr beglaubigen lassen wollte.

„WANN STERBEN WIR?“

„Wann sterben wir, Darling?“, wandte sich Lord Fitzgerald Sauerwedel fürsorglich an Lady Carole, als sich eine kritische Lebensphase anzubahnen schien – da er sicherstellen wollte, dass keiner den anderen „überholte“.

Und um dies auch wirklich zu erreichen, wählten sie rechtzeitig einen gemeinsamen „Liebestod“ – durch wechselseitige Strangulation.

„WANN STERBEN SIE?“

„Wann sterben Sie?“, erkundigte sich der ungemein strebsame Prof. Urbino Berglump, der aus Prinzip immer und überall der ***Erste*** zu sein wünschte, bei seinem Erzrivalen Dr. Albino Herzpump.

„Das muss ich mir erst noch überlegen“, meinte er vage.

„Dann überlegen Sie es sich jedenfalls ***sehr genau*** – denn wenn Sie die ***Dreistheit*** besitzen sollten, mir ***zuvorzukommen***, bringe ich Sie glatt um!“

HÖLLISCHE GEISTER

Eine Schar höllischer Geister tanzte auf einer idyllischen Waldlichtung zu besonders penetranten Jazzklängen Ringelreihen.

Erregt stellte sie ein Bergwicht zur Rede, was dieser Unfug denn solle und ob sie nicht wüssten, dass hier Musizieren streng verboten sei!

„Jazz ist ***keine*** Musik!“, belehrten sie ihn nachsichtig.

Da gab er ihnen ***völlig*** recht – und tanzte animiert und ungeniert mit.

DER HOCHFAHRENDE MONSIEUR DE LA PUTZ

Monsieur Lutz de la Putz war derart hochfahrend, dass er sogar im Lift hochfuhr – obwohl er im Erdgeschoss wohnte.

Nur um den Leuten im Dachgeschoss immer wieder gründlich über den Mund zu fahren!

DER PAPST ALS ZAUBERLEHRLING

Nachdem sie ihre Schuldigkeit endlich getan und ihn erwählt hatten, ging es Papst Brummtopf dem Großen – wenn auch in leicht abgewandelter Form – ein wenig wie dem Zauberlehrling.

Denn nun fragte ***er*** sich: „Wie werd‘ ich bloß die ***Kardinäle*** wieder los?“ Immerhin waren sie die Einzigen, die noch bezeugen konnten, dass er zuvor ein ganz gewöhnlicher ***Mensch*** gewesen war! Und dies schien der Göttlichkeit seines Amtes doch ***erheblichen*** Abbruch zu leisten.

Aber da er ja gottlob jetzt unfehlbar geworden war, konnte er auch sicher sein, die bestmögliche Entscheidung zu treffen – und jagte sie allesamt in die Wüste.

Jedoch – sie kehrten zurück und schickten ***ihn*** zur ***Hölle***, indem sie ihn vergifteten.

DIE LERCHE VON MADRID

Die spanische Operndiva Montserrat Tollkirsch, genannt „Lerche von Madrid“, verliebte sich in den Magnaten Canossa Balzhirsch, der als „Drachen von Barcelona“ berüchtigt war.

Sie ehelichte ihn und schenkte ihm einige kleine Drachen, die sie allerdings derart ***forderten***, dass sie darüber ihre Kunst gänzlich vergaß – und am Ende ***selber*** zum Drachen wurde.

Und jetzt erst fand sie auch den Mut, ihre Familie schleunigst wieder zu verlassen – erhielt nun aber leider kein Engagement mehr.

Denn selbst auf der Bühne sind eben Drachen nicht ***immer*** willkommen …

DER FUCHS UND DIE GUTE NACHT

Seit Jahren an teils erheblichen Schlafstörungen laborierend, bat Signor Stanislao Fuchs den angesehenen Geistheiler Enzio Reibrüssel um Beistand.

Der empfahl ihm nach einem kurzen Lokalaugenschein als erste Sofortmaßnahme, sämtliche ***Kreuze*** aus dem Schlafzimmer zu entfernen.

Woraufhin ihm sein Klient am nächsten Morgen tränenaufgelöst berichtete, er habe nun ***endlich*** wieder einmal eine wirklich ***gute*** Nacht verbracht!

DIE KAPRIZIÖSE LEICHE

Eine Leiche war so kapriziös, dass sie gar nicht daran ***dachte***, ihre wahre Natur preiszugeben.

Selbstbewusst nahm sie in vollen Zügen am öffentlichen wie privaten Leben teil – und erhielt sogar noch mehrere Auszeichnungen hierfür.

Und als man ihr endlich fassungslos auf die Schliche kam – war sie ohnehin bereits wieder neu geboren und drehte allen eine lange Nase.

Es leben mithin die Capricen!

HÖLLISCHES GELÄCHTER

Beim dritten Friedhofsbesuch seit der Beisetzung von Gatte Chester vernahm Mrs. Patty Wildzapf unbändiges höllisches Gelächter aus seinem Grab.

Zufrieden und erleichtert bekreuzigte sie sich. „Hat er ***endlich*** seine Erfüllung gefunden! Dank dir, o Herr!“

Und sie ***verzichtete*** fortan reinen Herzens auf die Besuche.

Printed by Books on Demand GmbH, Norderstedt / Germany